INSTANTÁNEAS DE FICCIÓN

Selección de microcuentos

Vol. 3

INSTANTÁNEAS DE FICCIÓN

Selección de microcuentos

Vol. 3

María Cecilia de la Vega (comp.)

María Cecilia de la Vega
Instantáneas de ficción: selección de microcuentos, vol. 3 -1a ed.- Córdoba: Susurros Chinos, 2021.

ISBN 978-987-88-2811-4

1. Microficción. 2. Microrrelatos. 3. Relatos Personales. I. Vega, María Cecilia de la, comp. II. Título.
CDD A863

susurroschinos.com

Coordinación y edición:
María Cecilia de la Vega

Miembros del proyecto:

María Basta
Julieta Beltramo
Valentina Bustamante
Emilia del Valle Contreras
Cecilia García Checa
Mariana de Madariaga
Patricia Mcgarry
Fernando Stagliano
Valentina Torres

Índice

Palabras preliminares

Instantáneas de ficción, volumen 3, nuestra tercera compilación de microcuentos en traducción, llega de un modo muy especial, producto del trabajo sostenido del grupo de traducción literaria *Susurros Chinos*. A la distancia, interactuando a través de las pantallas, navegando en un mar de conexiones inestables, lo conseguimos. Tenemos el gusto de compartir 16 microficciones, escritas originalmente en inglés, que merecen ser contadas en más de una lengua, porque hablan de nuestra condición humana, de lo que compartimos y de aquello con lo que nos identificamos, porque nos moviliza y nos provoca.

Muchos de los relatos que componen este libro nos invitan a la nostalgia, a reflexionar en torno a lo que fue y ya no será, pero que ha dejado huellas profundas, porque forma parte de quiénes somos. Las escenas oníricas también son protagonistas en este volumen. La inquietud de los sueños y las revelaciones del fluir de la conciencia se configuran en planos de existencia que desafían la realidad y que a la vez la moldean, la resignifican. Estas instancias de introspección, tan relevantes en tiempos de distancia y soledad, se convierten en el eje de muchas de las historias —a veces recuerdos, a veces denuncias—, caminos para reandar, siempre con ojos nuevos.

Lo ambiguo y lo no dicho también destacan en varios de los relatos y han sido seriamente considerados en nuestra labor traductora. Nos encontramos con personajes cuyo género no se explicita en el texto, porque resulta irrelevante, o porque es ese, justamente, el efecto universal y fluido que se persigue. Estas ambivalencias, que se logran de manera muy natural en inglés, por tratarse de una lengua con escasas marcas de género, se convierten en un verdadero desafío en el traslado al español, una lengua con gran cantidad de estructuras binarias, difíciles de evadir sin transgredir normas y sin recurrir a procedimientos disruptivos que podrían subvertir el original.

Traducir esta compilación de microficción fue una verdadera aventura, en todos los sentidos posibles. Esperamos que su lectura resulte igual de estimulante.

Nuestro agradecimiento a Despy Boutris, Candace Leigh Coulombe, Emily Devane, Sara Hills, Di Jayawickrema, Erinrose Mager, Avra Margariti, Melissa Ostrom, Asha Rajan, Sonia Alejandra Rodríguez y Hannah Storm, quienes con su enorme talento y generosidad hicieron posible este libro polifónico, inclusivo e intercultural.

María Cecilia de la Vega
Coord. Susurros Chinos

Lily

Sonia Alejandra Rodríguez

Me llevó a casa desde una tienda no muy lejos de aquí. Me envolví en la tibieza del sol mientras me cargaba contra su pecho como a un bebé. Vi su amplia sonrisa cuando me miraba. El latido de su corazón, una canción de deseo y necesidad que sentí en mis raíces.

—Esta es Suegry —me puso lado a lado con la lengua de suegra que estaba en una maceta color cerúleo. Me sentí desnuda en mi contenedor de plástico negro.

—Esta es Dinerovsky —. Sacudí mis hojas ante una planta del dinero llamada "Dinerovsky". *¿Quién es esta persona?*

Me puso sobre un estante al lado de la ventana, delante de Pinchudín y Chistín.

—Aaah, esta no va a sobrevivir —oí que Pinchudín le dijo a Chistín. Las suculentas son las peores. Creen que son las únicas que sobreviven. Pero no me conocen. Miré hacia la ventana sin siquiera saludarlas.

—Aaah, se cree muy muy —le oí decir a una en español—. Se va a olvidar por completo de esta nueva en pocos días—. Desde esta posición, el sol me cegaba, y temí que estuvieran en lo cierto.

Mis puntas ya se estaban poniendo marrones y mi tierra reseca para cuando vino a verme de nuevo. Menos mal que nunca necesité que nadie me ayudara a florecer. Las de mi especie han sorprendido a mucha gente al sobrevivir en condiciones adversas.

—Buenos días, Lily —me saludaba mientras yo bebía de la taza de agua que me ofrecía. Me visitaba cada vez que mis hojas decaían, cuando la tierra raspaba mis raíces mientras buscaba gotitas de vida. Esta persona apenas me mantenía viva, y yo a diario me asombraba de haber sobrevivido un día más.

En los últimos días, después de la última vez que me ofreció agua, he notado que cambió. Ha estado viniendo hacia la ventana, corriendo la cortina, cerrando los ojos, dejando que el sol le dé en la cara. Los pliegues alrededor de sus ojos y en su frente combinan con mis nervaduras. Su gran cabeza bloquea mi luz.

¿Por qué está en casa todo el tiempo? Me ha estado regando demasiado estos días. Hunde su dedo en mi parte más blanda, buscando respuestas que no tengo.

Pone libro tras libro enfrente de mí, luzco mi nueva maceta color iris. Posamos. Pide sonrisas. Durante horas, pasa de un sofá azul marino a otro sofá azul marino y de vuelta al primero.

Lleva puesto el mismo pijama a cuadros desde hace unos días. Canta canciones sobre estar en completa soledad y canciones de tiburones bebés.

Baila por toda la sala. Y se echa boca abajo en la alfombra. *¿Qué está pasando?*

Se tira en el sofá cama a leer *Muchachas ordinarias*. Sus uñas recién pintadas combinan con la portada rosa, roja y naranja. Más de una vez, me he dado cuenta de que mira fijamente la pared color blanco tiza que tiene delante. *¿Dónde estás?*

Viene hacia mí (de nuevo): —¡Lily, Lily, Lily!

Sus ojos están un poco caídos, con una sombra nueva alrededor. Quizás también necesite agua, también cuidados.

He llegado a necesitar su contacto. En el momento más cálido del día, cuando el sol brilla más fuerte, viene y se para junto a mi ventana. Antes de irse, me limpia las hojas. La tibieza de sus dedos es parecida y a la vez diferente a la del sol. Su tacto, siempre delicado, inseguro. Las huellas aceitosas de sus dedos dejan un mapa que debo descubrir. No hace esto con las otras, solo conmigo.

—¿Por qué estás tan deprimida, Lily? ¿Quieres más agua? —. *¡Nooo, idiota!*, grito. Inclina la cabeza hacia un lado, con la taza suspendida en el aire. *¿Puedes oírme?* Me pregunto. Me presiona cada vez más, y yo me le aferro. Me entierro debajo de sus uñas, para estar cerca aun cuando me deja, aunque solo sea hasta que se lave las manos, una y otra vez.

—Está bien, ya te entendí. No más agua.

Han pasado semanas y no ha salido del departamento. Los últimos días han estado nublados, y no ha venido a pararse junto a mi ventana. En lugar de eso, se acuesta en el sofá y mira televisión. Su vista perdida en la lejanía.

Espero el día siguiente y no aparece por mi sala de estar hasta el mediodía. Busca agua en la cocina, y tengo esperanzas. Vuelve arrastrando los pies por el pasillo, vaso en mano. Ni siquiera me mira.

Al día siguiente, igual. Mediodía. Agua. Arrastre. Indiferencia.

No entro en pánico. No puedo. Me siento seca, agobiada, sola. Las suculentas están prosperando. Sacan nuevos brotes. De hecho, les va mejor sin su presencia. No entiendo por qué. Es como si me hubiera olvidado de quién era yo antes de estar con esta persona. Olvidé mis raíces, olvidé que he sobrevivido antes. Y que lo haré otra vez en las Lilys que vendrán.

—Lo siento, Lily —dice.

Cuando al fin se acuerda de que existo, ya estoy débil. Mi flor se marchitó y no se dio cuenta. No miro cuando me riega. El agua fría, una sacudida en mis raíces secas. La vida me recorre como electricidad. Me siento vibrante otra vez. Quiero estirarme y absorber y decirle que extrañé su compañía. Pero no lo hago. Quita el polvo que se alojó en mí, que se cuela por mis grietas. Pero desvío la mirada.

Vuelve a sus canciones y bailes ridículos y a sus saltos en el sofá. Se para delante de mi ventana, su gran cabeza enfrente de mí. Mi cuerpo recuerda que está lleno de vida; crecen nuevos pimpollos y pronto mis flores se abrirán.

Ahora hace yoga a medias. Quien da la clase

está en una postura como un pretzel, mientras esta persona se sienta con las piernas cruzadas y se echa prétzeles a la boca antes de estirar los brazos hacia arriba. Yo también levanto mis hojas. Me estiro más allá del techo, más allá del cielo azul, y agrego nuevas estrellas al espacio exterior por cada día que hemos sobrevivido. Estamos pintando una galaxia.

Viene hacia mí: —Hey, hey —corea. Canta a viva voz una canción que habla acerca de sobrevivir y cómo amar. Sostiene mis hojas entre sus dedos. Y estamos bailando. Sonrío, complaciente. *¿Quién es esta persona?*

Traducción: Susurros Chinos

Del original, *Lily*, publicado por *Hispanecdotes*. Nominado para *Best of the Net 2020.*

Sonia Alejandra Rodríguez es Profesora de Inglés en LaGuardia Community College en la ciudad de Nueva York. Es inmigrante de Juárez, México, y creció en

Cicero, Illinois. Su trabajo ha sido publicado en *Huizache: The Magazine of Latino Literature*, *Hispanecdotes*, *Everyday Fiction*, *Acentos Review*, *Newtown Literary*, *So to Speak: A Feminist Journal of Language and Art*, *No Tender Fences: Anthology of Immigrant and First-Generation American Poetry* y *Longreads*.
Más información:
Sitio web www.soniaarodriguez.com
Twitter @RodriguezSoniaA

Zapatillas con velcro

Sonia Alejandra Rodríguez

A los nueve, no puedo evitar los tropezones ni las caídas, los raspones de mis rodillas contra el cemento. Me gusta el ardor y el latir de mi sangre saliendo a borbotones. Soy piel partida. Mi padre me enseña a atarme los cordones. Porque está cansado de verme caer. O porque está cansado de levantarme. Me alcanza la zapatilla izquierda: "Haz lo que yo hago" dice, usando la zapatilla derecha como ejemplo. Y hago lo que él hace, hasta mis veintitantos, cuando también he alejado a todas las personas que amo. Forma dos lazos con cada uno de los cordones, los cruza, pasa uno por la abertura, tira con fuerza. "Solo uno puede pasar. El otro no.

¿Entiendes?", me dice en español. Y no supe en ese momento que era nuestra despedida. Aprendo a fingir que mis cordones están atados: los meto al fondo de mis zapatillas, dentro de mis medias, aprieto las puntas con los talones.

Me caigo y soy piel partida y sangre a borbotones. Mi madre me compra un par de zapatillas nuevas con velcro "para que no batalles", me dice en español. Eso es lo que mi madre hace mejor: usar tiritas Band-Aid cuando lo que necesito son puntos. Limpia mis rodillas para que no me desangre. Cuando todo lo que quiero es agrandar la herida más y más y más y ver cómo me desangro sobre mi madre, sobre mi padre, hasta que soy todo y nada. Me aparta la mano de una palmada porque "así es como te haces cicatrices", levantando las costras que se forman sobre las heridas. Nunca me cuenta sobre todas las otras maneras en las que me haré cicatrices. Y ya no volverá a darme una palmada en la mano, ocupada con sus propias costras. Las tiras de velcro de mis zapatillas impiden que me caiga, pero en la escuela soy la *wetback*, la espalda mojada, la bebita mexicana que no sabe atarse los cordones. Y no hay modo alguno de explicar que mis padres hicieron lo que pudieron. Y que jamás sentiremos que somos suficiente. Y que no hay nudos ni tiras suficientes que me contengan. Me tropiezo, y caigo, y sangro a borbotones. Soy piel partida. Hasta que aprendo que soy la que puede pasar.

Traducción: Susurros Chinos

Del original *Velcro Shoes*, de Sonia Alejandra Rodríguez, publicado por *Lost Balloon*, julio 2020. Ganador de *Best Micro Fiction 2021*.

Jimmy Cooper, Jimmy Cooper

Candace Leigh Coulombe

Tengo demasiados vestidos de fiesta. Ha sido así desde que tengo memoria.

Soy hija única, la nieta mayor y, por años, la única nieta. Por eso, desde pequeña, he sido siempre la niña de las flores con el vestido vistoso, boda tras boda. Conocí a Jimmy Cooper debajo de una mesa de bufé a los tres años. Aún recuerdo el destello del ponche de champán en sus bigotes y el roce de tafetán cuando nos escondimos en la oscuridad del mantel. Desde entonces, siempre ha sido mi compañero fiel en otras bodas, bailes sin pareja, paradas de autobuses oscuras e incontables mesas para uno. Siempre fue mi confidente, mi cordura, mi caballero andante, mi plato caliente. Siempre fue mi guardián de ojos dorados y el ancla de acero que me mantenía amarrada en un mar inescrutable. Y ahora intento despedirme de él.

—Coop —susurro—, Coop, despierta. Ya llegamos.

Fue un largo viaje hasta el santuario, y Jimmy Cooper se durmió en mi hombro, o fingió dormirse. Está indeciso. Sus orejas, que solían ser suaves, se han puesto grises y ásperas, y me raspan el hombro cada vez que el autobús da un salto en el camino. Cuando yo era niña, solo se dormía después de que yo hubiera conciliado el sueño tranquila, pero últimamente ha estado cabeceando en pleno día. Y no hablamos mucho desde El Incidente.

—Coop —digo y le doy un empujoncito.

Bajo su valija por los escalones del autobús y me sigue, sosteniendo su saco y su sombrero favorito. Jimmy Cooper examina las pasturas verdes, el aire tan fresco y tan ajeno a sus sentidos citadinos. Su aspecto lebruno resulta familiar y a la vez extraño en este lugar. Mueve el rabo, molesto.

—Dijiste que era hora de pasear.

—Dije que era hora de descansar —lo corrijo—. Hablamos sobre esto.

El santuario de pukas, amigos imaginarios, tiene 400 acres, está repleto de estanques y huertos de frutales y establos lo bastante grandes como para dar refugio a todos los amigos alados, peludos, emplumados y con cuernos que ya nadie imagina. No puedo ver a ninguno, solo a Coop. Supongo que no me corresponde verlos.

Permanecemos en un silencio incómodo por un largo tiempo. Luego coloca su pata en mi mejilla, donde todavía la cicatriz está sensible.

—Puedo protegerte —me dice—. Para eso fui

creado.

—No, no puedes —le digo en voz baja.

Trato de mantener la compostura, pero me arde la cara al recordar aquella noche en la Estación Woodside. Cómo el ladrón no se conformó con tomar mi tarjeta del metro e irse. Y cómo Jimmy Cooper no pudo hacer nada para detenerlo.

Esa noche, el paramédico se acercó tanto a mí que pude sentir el peso de su chaleco antibalas. Recuerdo haber tocado el material, adolorida y confundida, tratando de aferrarme a algo real. *Es más para protegernos de los pacientes que de la línea de fuego*, dijo con una sonrisa, *pero estás tranquila, ¿verdad?*

El paramédico se llama Mike. Es agradable. Ya hemos salido tres veces; esta semana fuimos a un restaurante chino y al cine. A Jimmy Cooper no le cae muy bien Mike, aunque era de esperarse. A Coop le gusta ser él quien lea mis galletas de la fortuna. No está listo para que nadie más lo haga. Pero yo sí.

Nos conocemos tan bien, Coop y yo, que casi no necesitamos decir nada en voz alta. Pero siento que debo justificar mi decisión. Quiero que diga que entiende, que sabe, también, que es momento de irse, que está listo. No puedo soportar la culpa.

—Te gustará estar aquí —le anticipo—. Será tranquilo. Vas a estar…

—¿Con los de mi clase?

—Podrás retirarte y atender tus propias necesidades. No estarás sujeto a las mías.

—Ese hombre… —empieza a decir Coop. Si alguno de los dos fumara, este sería el momento de encender un cigarrillo—. Ese hombre no te entiende como yo.

—Es verdad —suspiro—. Solo es humano.

Sin Jimmy Cooper, la vida estará llena de incomodidades y decepciones. Él jamás dejó ropa interior tirada en el piso, ni platos sucios en la pileta. Jamás le guiñó el ojo a una camarera bonita, ni dejó de enjugar mis lágrimas. Tendré que hablar con la gente en los ascensores y en las tiendas, e incluso en el subterráneo. O quedar a solas con mis pensamientos. Algunas veces me sentiré aburrida y a menudo solitaria.

Dejo la valija en el suelo y sostengo su sombrero mientras él se alisa el abrigo debajo de un frutal. Nos sentamos a la sombra de un duraznero. Los bigotes de Jimmy Cooper tiemblan con la brisa. Está quieto y pensativo. Él ve cosas en el santuario que yo no puedo ver.

—Es lindo aquí.

—Sí —intento sonreír—, en verdad lo es.

—Los otros amigos imaginarios son más jóvenes que yo —dice—. Sus niños los dejaron aquí cuando era el momento. Y… tú ya eres adulta. Entonces, yo diría que hemos hecho un buen recorrido, y más largo que la mayoría.

Me vuelve a arder la cara y sé que voy a llorar. Mis mejillas están incandescentes, casi tan rojas como mi cabello, los ojos se me llenan de lágrimas. Entierro la cara en el pelaje oscuro de Coop. Es cálido y familiar y huele, como siempre, a whisky y a tréboles.

—Te amo, Jimmy Cooper.

—Yo también te amo —dice, acariciando mis rizos enredados con su pata.

Nos sentamos bajo el árbol recordando. Al cabo de un rato, Coop vuelve a dormirse. Y sé que es hora de irme.

Dejo a Jimmy Cooper allí en la sombra, con su sombrero y su valija, y a lo lejos luce igual que cuando yo era pequeña. Aún falta una hora para que pase el próximo autobús, así que camino sola entre los frutales. Al llegar a la ruta, volteo para mirar, y mi amigo se ha ido.

Traducción: Susurros Chinos

Del original *Jimmy Cooper, Jimmy Cooper*, de Candace Leigh Coulombe, publicado en *nycmidnight*, 2020.

Candace Leigh Coulombe cree en la feroz economía de las palabras. Desde lo doméstico hasta lo fantástico, cada una de sus inquietantes y tiernas fábulas tiene menos de 2500 palabras. Coulombe trabaja en el norte de California como redactora comercial a tiempo completo y como escritora de microficción y productora de podcasts a tiempo parcial. Su trabajo ha sido reconocido por *PEN Women*, la *Biblioteca Pública de Sacramento*, *Audible Authors*, el *Beach Book Festival* y el *San Francisco Book Festival*. Fue la ganadora del *ncymidnight's Worldwide Flash Fiction Challenge* en 2015.

Más información:

Sitio web www.storycote.com, Twitter @storycote, Instagram @storycoterie

Algo parecido a la felicidad

Emily Devane

Vine aquí con un cuerpo lleno de veneno y el pelo soltándose de la raíz. La emoción de pararnos junto al puerto es otra cosa. *Mejor que Disneylandia*, dices. *Por supuesto*, respondo, *por supuesto*.

Las gaviotas chillan como criaturas recién nacidas y el aire sabe a sudor, a lágrimas, a lo mejor y más descarnado de la vida. Y le decimos que sí al helado con chispas y al algodón de azúcar color azul cielo; a pasar horas cavando pozos en la arena y saltando sobre las olas, nuestra piel apenas rosada, nuestros pulmones punzantes, ardientes con la sal; a recoger cangrejos junto al muro del puerto; a alimentar con nuestras monedas de dos peniques las máquinas tragametales del salón de juegos, viendo cómo van y vienen hasta que ya no están.

Al pasar junto al carromato con una auténtica gitana dentro, me pregunto si, con solo verme, desviará su mirada al conocer mi destino.

Trepamos los escalones y me falta el aire, pero no me quejo porque hoy es una ilusión y lo que importa, más que nada, es ser normal.

Alguien que no conocemos nos toma una foto en el cementerio de postal, con sus lápidas torcidas como dientes envejecidos.

Nuestros rostros resplandecen con el alivio de quienes temen. Por ahora, decimos, esto está bien, esto se puede hacer. Y aunque el viento revuelve mi pelo y lo anuda y mi cuero cabelludo hormiguea por las pérdidas que vendrán y mi vida es demasiado corta para que cuente, sentimos algo parecido a la felicidad, y con eso basta.

Traducción: Susurros Chinos

Del original *Something Like Happy*, de Emily Devane, publicado por *Lost Balloon*, en diciembre de 2020.

Emily Devane es escritora, profesora y editora y vive en Ilkley, West Yorkshire. Sus obras de microficción han aparecido en numerosas publicaciones, entre ellas la antología *2021 Best Microfictions*, *The Lonely Crowd* y *Smokelong Quarterly*. Ha ganado el *Bath Flash Fiction Award*, el *Word Factory Apprenticeship* y el *Northern Writers' Award*. Su microficción ha sido preseleccionada en dos ocasiones para el *Premio Bridport* y nominada para *Best Small Fictions* (finalista), *Best of the Net* (finalista) y el *Premio Pushcart*. En la actualidad, Emily codirige el *Strike! Short Story Club* con Divya Ghelani. Imparte talleres y cursos en *Moor Words* (@WordsMoor); es editora fundadora de *FlashBack Fiction*, antigua editora de *BIFFY50* e integrante del Grupo de Investigación de Narrativa de la Universidad de Edge Hill.
Más información: Twitter @DevaneEmily

Desde el interior del enebro

Sara Hills

Hay un espacio en el interior de nuestro arbusto de enebro del frente. Es lo bastante grande como para que entres gateando y cierres las ramas verde musgo sobre ti. Los frutos azul plateados te hacen cosquillas en los brazos y las piernas, donde las agujas verdes no raspan. Tomas los pequeños frutos entre los dedos, frotas la cáscara curtida adelante y atrás entre el pulgar y el índice. Adelante y atrás hasta que se magulla y las puntas de los dedos te pican y se ponen pegajosas.

Desde el interior del enebro, nadie te ve. Nadie te oye si te quedas inmóvil.

El cartero se detiene y abre el buzón sobre tu cabeza. La banderita hace un chirrido al bajar. El cartero desliza los sobres. Un raspón y un tintineo metálico al cerrarse la puerta del buzón.

Otros autos pasan zumbando por la calle. Las cubiertas se aferran al asfalto. Las piedritas diminutas se desparraman a su paso.

Jimmy, que vive calle abajo, pasa en su bicicleta haciendo extraños ruidos de varón –*braaaah broooon bruuhnn*– y practicando wheelies. Arriba y abajo. Arriba y abajo. Se cae cerca de tu arbusto. Si sacaras la mano, podrías tocar su rueda delantera. Darle un susto de muerte. Hacerlo enojar.

En lugar de eso, contienes la respiración, por si acaso. Pero se levanta y se va pedaleando. No te ve. Nadie te ve. Ni siquiera cuando el cielo se tiñe de púrpura y los autos empiezan a guiñar sus faros como si estuvieran enviando un mensaje secreto.

Tratas de descifrarlo a través de las delgadas agujas. Porque quizá sea un mensaje de tu hermana, un mensaje desde el cielo, desde el más allá. Quizá te está diciendo algo. Quizá si te quedas aquí dentro lo suficiente, ella venga a buscarte, tal como acostumbraba.

Traducción: Susurros Chinos

Del original *From Within the Juniper*, de Sara Hills, publicado por *Reflex Fition*, en mayo de 2021.

Sara Hills es una escritora del desierto de Sonora nominada al premio *Pushcart*. Sus relatos han aparecido, o aparecerán, en *SmokeLong Quarterly*, *Cheap Pop*, *X-R-A-Y Literary*, *Cease Cows*, *New Flash Fiction Review* y otras publicaciones. También ha sido incluida en el *BIFFY50*, preseleccionada para el *Premio Bridport*, y tiene una primera colección de relatos, “The Evolution of Birds”, publicada con *Ad Hoc Fiction* en 2021. Sara vive con su familia y un enorme perro peludo en Warwickshire, Inglaterra.
Más información: sitio web www.sarahillswrites.com/
Twitter @sarahillswrites

Siempre por un camino polvoriento, voy andando

Sara Hills

mis dos hijas conmigo. Hay árboles a nuestra derecha y un campo a nuestra izquierda. El campo, trillado, crujiente al mediodía. Está caluroso. Radiante.

Luego no.

Un auto pasa zumbando envuelto en una nube de polvo, y aparto a mi hija menor de la ruta. Tiene doce —larguirucha, despistada, sin miedo—. La otra es callada, diminuta como una piedrita.

Nuestras sandalias polvorientas chancletean sobre la tierra suelta mientras avanzamos por el camino. Otros autos pasan zumbando, pero uno no. Este no.

Disminuye la velocidad hasta detenerse. La ventanilla se baja —el sonido y la intención son claros.

—¿Qué tenemos por aquí?

En esta versión, tengo hijas. En otras versiones, hijos. En todas las versiones, un camino de tierra, un camino rural. Hay árboles a la derecha y un campo a la izquierda. Los árboles son enebros dispersos. El campo trillado, pardo y filoso como rastrojo. Allá lejos, a la distancia, está nuestro destino: el camino principal. Asfalto.

La ventanilla del auto negro se baja. La puerta polvorienta se abre a botas con puntera plateada, vaqueros, al olor a cuero curtido al sol. Acerco a mis hijas hacia mí, pero se alejan. El sol destella en el metal. Los árboles se mecen. Una capa de polvo del mediodía se asienta sobre mis hijas, sobre mí. La arenilla en mi lengua, filosa como rastrojo.

En una versión, mis hijos se yerguen altos como árboles, mandíbulas de enebro, mientras los autos pasan zumbando. Mis hijos escupen el camino, mascan tallos hasta dejarlos blandos y roídos. En otra, mis hijas crecen desgreñadas y filosas, siguen sin miedo. En una versión, no puedo oír el latido de mi corazón. En una versión, nadie grita. En una versión, caminamos a través del campo. El asfalto adelante, los árboles a la derecha y el auto oscuro pasa zumbando.

No se detiene.

Traducción: Susurros Chinos

Del original *Always Down a Dirt Road, I'm Walking*, de Sara Hills, publicado por *Bath Flash Fiction*, en febrero de 2021.

Gusto a sal

Hannah Storm

Leia detesta las gaviotas desde la última vez que fue a la playa con su papá. Las recuerda volando encima de su cabeza, sus graznidos al caer en picada desde el cielo, cómo él se rió cuando a ella le robaron las papas fritas en la cara, y le dijo que nunca podría ser soldado porque no podía anticipar un ataque, cómo volvió a reír cuando ella respondió que no querría serlo, cómo el ruido que él hizo fue el mismo que hacía en esas noches en las que se suponía que ella dormía, cuando oía a su mamá hacer un sonido tan suave como el mar cuando Leia dejaba los pies colgando en el agua, él riéndose como lo hacía al advertirles que no fueran tan nenitas. Cuando su mamá estaba embarazada, su papá decidió que su hijo sería el marinero más joven en cruzar el Atlántico en solitario. Leia ahora tiene edad suficiente para sentarse sola junto al agua, edad suficiente para saber que la sal sabe diferente en papas, bocas y barcas. Leia ahora tiene edad suficiente para saber que no se romperán récords, pero sí corazones. Recuerda ese mismo día, el sabor salado de sus lágrimas, cómo él arrojó la comida enojado porque ella no fue lo suficientemente rápida como para esquivar las aves cuando se lanzaron en picada. Las gaviotas son carroñeras, le dijo su mamá cuando llegaron a casa, cuando su papá se marchó furioso al bar por algo que alguien había o no había dicho, y Leia recuerda haber buscado 'carroñero' en un diccionario porque no sabía qué significaba, y cómo la definición le recordó a su papá, cómo él recogía las cosas que otras personas tiraban, las pulía y las colocaba junto a la medalla que guardaba en la caja de zapatos debajo de la cama. Recuerda haberle preguntado una vez por qué no tenía más medallas si había sido tan buen soldado y lo que él le respondió, que la hizo llorar otra vez, y cuánto tiempo después su mamá le dijo que ella también odiaba las gaviotas, porque eran agresivas y cagaban todo y dejaban todo hecho un asco cuando se iban volando. Leia balancea los pies sobre el borde del agua, peina la superficie del Atlántico con los dedos, se vuelve hacia su mamá que trae helado, no papas fritas. Ambas saben que es más fácil de esconder. Ambas prefieren la dulzura a la sal. Leia mira hacia el cielo, buscando el sonido, y sabe exactamente qué hacer si la atacan.

Traducción: Susurros Chinos

Del original *A Taste Of Salt*, de Hannah Storm, publicado en *New Flash Fiction*

Hannah Storm escribe narrativas de ficción y no ficción y lo que hay entre medio. Sus historias están inspiradas en sus años de viajar por el mundo como periodista, en las personas y los lugares que conoció. Su colección debut "The Thin Line Between Everything and Nothing" fue publicada por *Reflex Press*. Sus textos han sido mencionados en *Best Microfictions* y en *BIFFY 50*, y han obtenido el segundo lugar en la colección *Bath Flash Fiction*. Recientemente, sus memorias fueron nominadas para el galardón anual *Mslexia*. Hannah vive en Yorkshire, Inglaterra, con su familia, y desde allí trabaja como consultora de medios y promotora de salud mental. También escribe y dicta talleres de escritura.
Más información:
Sitio web www.hannahstormmedia.com
Twitter @HANNAHSTORM6

Digamos que tu brazo es largo

Di Jayawickrema

Digamos que el envoltorio de plástico se arrugaba cuando mis dedos pequeños y regordetes agarraban el caramelo de leche. Digamos que el envoltorio era amarillo anaranjado, el color del ocaso en la playa de Galle Face a la que me llevabas cada domingo, el color de los hibiscos que crecían junto al enorme portón de hierro de la última casa en la que viví contigo. El último lugar que se sintió como un hogar. Digamos que el césped del hospicio estaba tan corto que una niña de cinco años podía encontrar cada caramelo que tirabas desde tu piso, donde no se permitían niños. Digamos que yo sonreía triunfante mientras recogía cada uno como si fueran huevos castaños sacados de un nido verde brillante. ¿Qué podríamos decir de tu rostro enmarcado en la ventana, sonriéndome desde lo alto? Solo conozco tu rostro por fotografías. Solo conozco esta historia porque tu hija me la contó, mucho después de que partieras. Eres tan pálido como puede serlo un hombre moreno; la edad ha desvanecido tu piel hasta el color sepia de las fotografías. Tu pelo sigue teñido de negro intenso, engominado con aceite porque, según me dice mi madre, fuiste un hombre orgulloso hasta el final. Tus ojos castaños se iluminan ante la pérdida inminente de un amor entrañable, del que aún yo no sé nada. Digamos que pasabas horas lanzando caramelos, que aún los sigues lanzando y yo los sigo recogiendo, el césped suave aún sigue creciendo.

Traducción: Susurros Chinos

Del original *Let's Say Your Arm is Long*, de Di Jayawickrema, publicado en *Pithead Chapel*, 2020.

Di Jayawickrema es una neoyorquina de Sri Lanka. Sus escritos han aparecido en *The Pinch, wildness, Jellyfish Review, Pithead Chapel* y otros. Exalumna de VONA y futura becaria de Kundiman, sus escritos han sido nominados a *Best of the Net* y antologados en *Best Microfiction*. Es editora adjunta de ficción en *The Offing* y de artículos en *The Rumpus*.
Más información:
Sitio web www.dijayawickrema.com
Twitter @onpapercuts

Todas las superficies pierden su tensión

Di Jayawickrema

Él la vio en el predio de la universidad una cruda mañana de primavera, el asfalto se extendía entre ellos. Él cursaba los últimos días del segundo año, la dicha elástica de la universidad ya gastada. Los árboles enjutos. Ella caminaba rápido, mirando el suelo, ahogándose en un sweater gris sin forma, confundiéndose con el día. Pero alrededor de su cuello, llevaba una bufanda fina, volutas brillantes de naranja y rosado y verde que se enroscaban y giraban y llegaban hasta el suelo. Ella lo cruzó pronto. Él se volvió a su paso y vio la bufanda levantarse con su estela. Sintió un vacío en el pecho, la repentina agitación de unos dedos retirando sus órganos, un tazón de arcilla sobre el torno de alfarero.

Era el final de su último año cuando volvió a verla, en una fiesta interminable en una casa. Él la había olvidado. A su alrededor, gente extraña presionaba, tropezando con las palabras para diseñar su futuro, el miedo se inflaba frente a la esperanza. Ella estaba hundida en el silencio contra la pared, igual que él. Él se volvió y le dijo: será que la gente no se cansa nunca. Yo estoy cansada, dijo ella, sonriendo. Hablaron en círculos lentos, sosteniendo vasos rojos semivacíos a un costado, hasta que no hubo nada más para hacer que tener sexo. Cuando ella levantó la cabeza para besarlo, él se transportó a la visión que había tenido dos años antes: ella con la bufanda brillante alrededor del cuello, él con el tazón abierto girando en el pecho.

Cuando sus labios se tocaron y se separaron, el

tazón se llenó de agua. El agua subió cuando ella lo abrazó. *No te quiebres*, pensó él cuando el agua se curvó en el borde, y la atrajo hacia él. A lo largo de los años, la delgada línea de agua se movió dentro de él por momentos, años que podrían haber pasado inadvertidos. Toda el agua conteniéndose antes del derrame que llega demasiado rápido para marcar la pérdida.

Traducción: Susurros Chinos

Del original *All Surfaces Lose Their Tension*, de Di Jayawickrema, publicado en *Marias at Sampaguitas*, mayo de 2019.

Vecinos

Erinrose Mager

para Justin Phillip Reed

Mi vecino cosechó un limón solitario del limonero Meyer que tenía en una maceta de su balcón. Esto lo vi desde mi ventana. El limón no estaba del todo maduro; mi vecino lo hizo girar y girar y girar en la base del cabo hasta que el fruto cedió. El árbol todavía se bamboleaba por la cosecha cuando mi vecino levantó el limón hacia la luz, como si quisiera mirar a través de él, o quizás para eclipsar el sol, que iluminaba su balcón y dejaba mi ventana en sombra. Por este motivo, mi vecino no me vio, al igual que no me había visto todo ese verano mientras yo observaba su pequeño limón crecer. No sé: algo que ver con intentar distraerme de los demás objetos que yo ya poseía pero que todavía anhelaba. Estaba viviendo toda una vida en la ventana, anhelando esa vida a pesar de tenerla, y a pesar de intuir amor en mi presente, en mi futuro —esperando las caras desconocidas de muchas personas a quienes pronto les tendría un profundo afecto—. Qué pena, el vecino regresó adentro con su limón. Cruzó el umbral y sopesó el limón como si fuera un huevo. Cabe aclarar, supongo, que la esposa de mi vecino estaba muriendo. A ella la había saludado en algunas ocasiones junto al contenedor de basura, pero en cuanto a este hombre, su esposo, nunca lo había visto. Las enfermeras iban y venían, las ambulancias. No lo sé. No lo sé porque me mudé a otra ciudad. Lo que quiero decir es que me había enamorado, y era momento de empezar a sentir que estaba viviendo en los edificios en los que vivía. Un derecho humano básico, mirar alrededor y pensar: todo lo que hay aquí podría ser valorado o enterrado o robado, y en este momento es sabido, yo lo sé, y nada de eso es mío.

Traducción: Susurros Chinos

Del original *Neighbors*, de Erinrose Mager, publicado en *Wigleaf*, en marzo de 2020.

Erinrose Mager nació en Corea del Sur y creció en Pensilvania. Vive en Brooklyn, Nueva York. Su obra aparece en *Fence*, *DIAGRAM*, *jubilat*, *The Collagist*, *New South*, *The Adroit Journal*, *wildness* y otros. Es coeditora de *The Official Catalog of the Library of Potential Literature* (*Lit Pub Books*) y estudiante de doctorado de escritura creativa en la Universidad de Denver. Obtuvo un máster y una beca de ficción en la Universidad de Washington en St. Louis. Está trabajando en una novela y una colección de prosa corta.
Más información:
Twitter @erinrose_mager

Rojo

Melissa Ostrom

¿Debería ella haberlo ignorado? Él sonrió. ¿Debería no haberle devuelto la sonrisa? Él le preguntó dónde estaban sus amigas. ¿Debería ella haber mentido? ¿Debería haber dicho que estaban por aquí, en algún lugar cercano? ¿Debería no haber estado sola para empezar? ¿Le estaba permitido a una chica caminar sola por estos bosques? Él dijo que le gustaba su atuendo. Ella dijo gracias. ¿Debería no haberse puesto ese atuendo? ¿No estar vestida de rojo? Cuando él le preguntó a dónde iba, ¿debería haber dicho que a visitar a su novio el policía, a su padre el reverendo o a su abuelo el juez? Y cuando ella abrió la puerta de la casa del bosque, ¿debería haber cerrado con llave ni bien entró? ¿Debería haberse dado cuenta de que un cerrojo no habría hecho la diferencia? ¿Que la seguridad, la felicidad y la esperanza ya estaban perdidas?

¿Debería haber notado que las moscas no se asentaban entre las manzanas del cuenco, sino que, perturbadas, las sobrevolaban rápidamente? ¿Y qué hay de su abuela? Cuando Abuelita no respondió a su saludo, ¿debería haberse marchado? ¿Debería haber tomado el atizador que estaba en la chimenea, por si acaso? ¿Debería haberse aclarado la garganta y preparado para gritar, por si acaso? ¿Debería haber gritado por la ventana pidiendo ayuda, buscando un testigo, alguien que le creyera, por si acaso? Como el cazador que vio en la posta junto al arroyo. ¿Él la escucharía? ¿La ayudaría? ¿También la lastimaría? ¿Y qué hay del extraño?

¿Debería enfrentarlo? ¿Luchar contra él? ¿Intentar escapar de él? ¿Tendría ella alguna posibilidad? ¿Acaso lo vería venir? ¿Notaría su sombra en la luz débil e incierta que se extendía por el suelo?

Traducción: Susurros Chinos

Del original *Red*, de Melissa Ostrom, publicado por *Matchbook*, en 2020.

Melissa Ostrom es autora de "The Beloved Wild" (*Feiwel & Friends*, 2018), un libro del *Junior Library Guild* y una selección del *Amelia Bloomer Award*, y "Unleaving" (*Feiwel & Friends*, 2019). Sus cuentos han aparecido en muchas revistas y han sido seleccionados para *Best Small Fictions 2019*, *Best Microfiction 2020*, *Best Small Fictions 2021* y *Best Microfiction 2021*. Es profesora de Inglés en el Genesee Community College y vive con su marido y sus hijos en Holley, Nueva York.
Más información:
Sitio web www.melissaostrom.com
Twitter @melostrom

Entierros

Despy Boutris

Fue el año en el que enterramos al conejo en el jardín. Fue el año de los entierros, el año de los incendios y las inundaciones y los vientos tan fuertes que empecé a caminar de espaldas y la compañía de gas y electricidad cortó los servicios para evitar que los postes de teléfono cayeran y se incendiaran, para evitar que todo el pueblo ardiera. Leía dos libros por día y decidí que quería romper el récord del beso más largo del mundo. O quería convertirme en una guadaña y arrasar con todo lo muerto, o regar este páramo hasta que reverdeciera. Mis piernas eran troncos listos para arder mientras el humo subía en espirales hacia el cielo. Ese año, nadé sin ropa más de lo que quisiera admitir. Ese año, me zambullí en el agua sin saber si volvería a salir.

Traducción: Susurros Chinos

Del original *Burials*, de Despy Boutris, publicado en *The Roadrunner Review*, Número 5, 2020.

Despy Boutris es escritora. Sus obras han aparecido, o aparecerán, en *American Poetry Review*, *Southern Indiana Review*, *Copper Nickel*, *Colorado Review*, *The Adroit Journal*, *Prairie Schooner*, *Palette Poetry*, *Raleigh Review*, entre otras publicaciones. En la actualidad, dicta clases en la Universidad de Houston, es editora en jefe de *The West Review* y trabaja como asistente de edición de poesía en *Gulf Coast*. *The Roadrunner Review* nominó su microficción "Burials" para el premio *Best Microfiction* y la editora invitada Amber Sparks seleccionó la pieza para la antología de 2021.
Más información: sitio web www.despyboutris.com/, Twitter @itsdbouts

Un perro como un fantasma

Avra Margariti

Hay un fantasma sentado a la mesa de la cocina untando una tostada con manteca. Oscila, semitransparente. Como no quiero asustarlo más, me voy.

¿Cuántos fantasmas pueden entrar en una casa antes de que se convierta en un cementerio?

De camino al refugio para perros, compro un sándwich que sabe a aserrín. Cada día llevo a pasear un perro diferente alrededor de la manzana. Me hace salir de la casa. Les da algo de privacidad a los fantasmas, también.

—Recién llegada —dice la mujer del refugio—. Pobre. Nadie la va a querer… está demasiado estropeada.

La perra en cuestión tiene el pelaje oscuro y un collar isabelino. Es escuálida y de raza mezclada. El cargo por adopción cuesta menos que mi desayuno de aserrín, así que lo pago.

Dicen que la depresión es un perro negro que te sigue a todos lados. Esta perra tiembla tanto que no puede caminar. Quiero que quienes la hicieron sufrir paguen, pero admitirlo implicaría más sesiones de terapia. Me la llevo en brazos. La señora del refugio me ofrece una caja de cartón, pero ya tengo demasiadas cajas sin abrir en casa.

—Este es tu nuevo hogar —digo en la entrada.

Las uñas de la perra repican en el piso de madera.

Hace tiempo que no tenía compañía que no fuera de éter. Meses atrás, la dueña me advirtió sobre los "huéspedes". Son inofensivos, había dicho, nada de qué preocuparse. No encontrarás un alquiler más barato. Me habían echado de mi lugar en una residencia asistida, entonces supuse que podría lidiar con los fantasmas. ¿Qué más me podía pasar?

Cuando regreso de la tienda de mascotas arrastrando bolsas de alimento para perro, el espíritu de una niñita está rascando la barriga rosada de la perra.

—No te detengas por mí —le digo, pero ya desapareció de la vista.

Baño a la perra con esmero, aunque yo no me he lavado el cabello en días. Algunos puntos de sutura asoman bajo el pelaje desgreñado. Me recuerda a mí, el primer fantasma que vi en el espejo.

Más tarde, se duerme debajo de mi cubrecamas. No deja de temblar. Un perro rescatado se parece mucho a un fantasma doméstico: asustadizo, quejumbroso y con terror a las personas.

¿Qué tendría que hacer para que sane? ¿Cómo

podría guiar a mis pobres huéspedes hacia la luz?

A mí también me acechan los humanos.

Traducción: Susurros Chinos

Del original *A Dog Like a Ghost*, de Avra Margariti, publicado por *Baltimore Review*, 2020.

Avra Margariti es de Grecia y estudia Trabajo Social. Disfruta contar historias en todos los formatos y escribe acerca de diversas identidades y experiencias. Sus obras han aparecido en *SmokeLong Quarterly, The Forge Literary, Longleaf Review, The Journal of Compressed Creative Arts* y en otros espacios. En 2019, Avra ganó el premio *Bacopa Literary Review*.
Más información:
Twitter @avramargariti

Las cosas que hacemos por amor

Avra Margariti

Decides que voy a dispararme de un cañón el domingo que viene. "Qué romántico" murmuras, aunque fue tu idea desde el comienzo. Invitas a tus amistades para que lo vean. Hasta pones carteles en todo el vecindario. A pesar de la tipografía extravagante y de los colores brillantes, dan la idea de avisos fúnebres.

El domingo por la mañana nuestro patio está colmado de gente. Toman cerveza ligera, comen costillas bañadas en salsa barbacoa. El cañón está en el medio de nuestro césped artificial. Es como el de los circos: corto y macizo, pintado con el rojo de las autobombas, con estrellas amarillas de historietas.

Me plantas un beso rápido en los labios, luego anuncias a la concurrencia que te dedico este lanzamiento. La gente aplaude gustosa bajo el sol abrasador.

—Veinte años de matrimonio, y nunca hiciste algo así por mí —nuestra vecina, una señora mayor, acusa a su marido, que se acomoda el audífono.

—Tráeme una estrella —me dices—. Una grande y brillante. Nada de esas baratijas de magnitud seis.

Me doy cuenta de que no llevo dinero. Donde sea que aterrice, en la condición en la que me encuentre luego de haber volado por los cielos, no tendré más remedio que volver caminando hasta aquí.

Miro fijamente la gran boca del cañón. No tiene nada de elegante intentar meterme en ese espacio apretado. Apretado hasta la piel, hasta el tuétano. Meto primero los pies, apoyándome con las manos en el césped verde falso. Me contoneo, me estrujo y entro la barriga, pero nadie me ofrece ayuda.

Estás del otro lado, sosteniendo un encendedor para parrilla; a punto de prender la mecha. Eyéctame al espacio en el nombre del amor.

Decido entonces, en este sepulcro de barril estridente. No importa cuán cerca o lejos aterrice, no regresaré. Tomaré una estrella, cualquier estrella, y la venderé. Me compraré una nueva vida, una que brille con el polvo de estrella que quedará en mis manos.

Traducción: Susurros Chinos

Del original *The Things We Do For Love*, de Avra Margariti, publicado en *Longleaf Review*, 2020.

Charlie

Asha Rajan

El día que mi hijo mayor huyó de casa, un águila audaz se instaló en su habitación. Nadie sabía de dónde había venido el ave ni a dónde había ido mi hijo. Las águilas audaces no son comunes por aquí —hay demasiados autos, no hay suficientes vacas muertas—. No había ni una nota ni un aviso ni un cartel de águila perdida en los postes de luz del vecindario. Solo un Charlie ausente y un ave de presa muy presente.

Llamé al guardaparque. El guardaparque vino —traía guantes de cuero y una gran jaula de metal en la parte trasera de su vehículo—. Miró, se rascó la cabeza y dijo:

—No debería haber un águila audaz en su casa.

—¡No me diga! —respondí—. ¿Puede llevársela? ¿Soltarla en las montañas?

Negó con la cabeza.

—Escapa a mis posibilidades. ¿Llamó a la policía? Quizás puedan hacerla salir.

La mujer que atendió al número de la policía que no es para emergencias pensó que le estaba haciendo una broma.

—No, en serio —dije—. Es un águila audaz. Está en la habitación de mi hijo. Y mi hijo está perdido. ¿Puede ayudarme con alguna de esas dos cosas?

—¿Está segura? ¿No será su hijo disfrazado? —sugirió.

—No estoy ciega. Es un águila. Casi le arranca la nariz de un picotazo a mi marido, y ya intentó llevarse al perro salchicha con sus garras —dije desesperada.

—Enviaré a alguien —contestó.

Cuando llegaron los policías, eran dos: uno comisionado de la Metropolitana de Londres, el otro local. Era obvio que pensaban que estaba loca de remate.

—¿Nos muestra dónde está el ave, querida? —dijo el local.

—Por supuesto, pero tendrán que ponerse un equipo antidisturbios o algo así. No es muy amigable —le di un sorbo a mi té. El inglés sacó chalecos reforzados, guantes y cascos de la parte trasera del furgón policial.

Cuando se pusieron el equipo, los llevé a la planta alta y llamé a la puerta de Charlie. Un chillido estridente fue la respuesta.

—Carajo. Es un águila —el policía local se estaba dando cuenta.

—En realidad, no estamos equipados para tratar con animales salvajes. ¿Intentó llamar al guardaparque? —los policías se quitaron los cascos y se desabrocharon los chalecos.

—Lo intenté. No sirvió de nada. Me sugirió que

los llamara a ustedes —estaba perdiendo la paciencia y empezaba a preguntarme exactamente cómo iba a alimentar a esta criatura, o con qué iba a alimentarla. No venden huesos de vaca en la carnicería de por aquí, y no puedo comprar vísceras de oveja en el supermercado. ¿Necesitaban las águilas sales minerales como los pinzones?

Los policías se miraron y se encogieron de hombros.

—¿Y un santuario de vida silvestre?

Mi marido, que hasta el momento brillaba por su ausencia —quizás preocupado por la pila de cuadernos que se había llevado del trabajo el año anterior o por el semáforo en rojo que se había pasado dos semanas antes—, apareció de repente.

—Tal vez nos la podríamos quedar —dijo John en voz baja.

—¿Estás totalmente chiflado? —chillé.

Los policías, que no me oyeron, pensaron que era una idea brillante y se encargaron de darle palmaditas en la espalda a John y de estrecharle la mano. John tuvo la decencia de mostrarse acongojado. Tal vez se lo podría dar de comer al águila.

—¿Dónde se supone que se va a quedar? —imaginé las alfombras mojadas y apestosas, y traté de calcular con exactitud cuánto papel de diario necesitaríamos para cubrir el suelo de la habitación de Charlie.

Los policías, satisfechos de que el águila quedara en buenas manos, se fueron. Abrí con cautela la puerta de la habitación de Charlie. El águila, que se había mostrado agitada y alterada mientras los policías estuvieron en la casa, adoptó una postura reflexiva y silenciosa, con las alas extendidas.

Una sucesión rápida de preguntas me invadió. ¿Cómo se lo explicamos a nuestros amigos y familiares? ¿Debería comprarle ropa? ¿Estará cubierta por nuestro plan dental? ¿Tiene dientes siquiera? ¿Debería inscribirla en la escuela? ¿En la universidad? ¿Quién la cuidará cuando hayamos muerto?

Un impulso primitivo, el deseo de hacer contacto, me llevó a entrar en la habitación. El águila me envolvió con sus alas y me atrajo hacia su pecho mullido. Al parecer, las demás personas creían que tener un águila audaz viviendo en mi casa era lo más normal del mundo. Quizá era yo la que estaba equivocada.

—No puedo seguir llamándola "pájaro" —dije cuando me quedé sin preguntas, mi voz amortiguada por las plumas.

—Podrías llamarla Charlie —dijo John.

Traducción: Susurros Chinos

Del original *Charlie*, de Asha Rajan, publicado por *Elipsis Zine*, en junio de 2020.

Asha Rajan es una escritora y editora malayo-australiana que vive y trabaja en Whadjuk, en el país de los Noongar, y está a disposición permanente de sus

perros. Ha publicado en varios sitios, como *Modern Loss*, *PANK*, *Dead Housekeeping* y *SheKnows*. Asha se expresa con frecuencia en las redes sobre feminismo y justicia social.
Más información:
Sitio web www.asharajanwriter.com/
Twitter @asha_on_45

La inocencia de Mabel Cunderdin

Asha Rajan

Si querías prender fuego tu vida, no había mejor combinación que la de Mabel Cunderdin y la tarjeta de crédito sin límites de Edward Willard.

Intenté advertirle a Edward. Le di pistas: un infarto menor, un susto con un cáncer leve de testículos, una ligera amenaza de ahogo. Sin embargo, en lugar de convencerlo de buscar un mejor camino, una conducta más introspectiva, meditativa y a conciencia, mis jugarretas solo arrastraron a Edward hacia el torbellino caótico que era Mabel.

Ella —una paradoja desconcertante enmarcada en vistosas plumas rosadas, y aún así, un tornado de inocencia risueña— bailaba burlesque cuando él la conoció. Quedó encantado al instante y la persiguió toda la noche; un cachorrito locamente enamorado rendido a sus pies. Una persona más malévola se habría aprovechado de Edward, habría detectado su embelesamiento y lo habría usado a su favor.

Mabel simplemente lanzó una risita y le besó la mejilla.

Edward la colmó de regalos caros. Inundó su minúsculo departamento del centro con rosas rojas de tallo largo y le dio de comer y de beber en los restaurantes más selectos donde los metres fruncían la nariz al verla. Él ignoraba las miradas incisivas, los susurros de salón al entrar en cada restaurante, los evidentes desaires de la plebe citadina. Ella, simplemente, no veía nada de esto.

El golpe mortal fue cuando Edward tuvo la

brillante idea de entregarle a Mabel su American Express y decirle que arrasara con todo. Bueno, ella no solo arrasó con todo, sino que casi arrasa conmigo también. Apuesto que también arrasó con el personal de ventas en Nordstrom mientras iban y venían para completar los pedidos, y envolver y entregar todo lo que había comprado. Tuve que correr ese día por el aumento de mi cuota diaria de víctimas casi fatales por agotamiento.

—Esta Navidad será, sin dudas, una Navidad feliz, ¿no es cierto? Quizás deba cambiar mi nombre a Mamá Noel —dijo riendo entre dientes mientras el personal de ventas corría a toda prisa de aquí para allá—. ¡Si lo hiciera, ustedes serían mis duendes!

Mabel rio a carcajadas, se echó al hombro un tapado de visón nuevo y salió trota que te trota rumbo a Tiffany's. Cómo fue que la American Express de Edward no se derritió como un reloj de Dalí fue un misterio para mí. Y que Edward no hubiera ardido por combustión espontánea realmente fue una señal de intervención divina. Pero no pasó. De hecho, parecía estar encantado con sus disparates.

—Me haces muy feliz, Mabel —le arrulló.

Ella respondió con una risita.

—Creo que te amo, Mabel —susurró.

Y ella soltó una risita y le besó suavemente la coronilla.

La Nochebuena llegó y la nada insustancial fortuna de Edward era ahora una mera sombra de lo que alguna vez había sido. Fue entonces que intervine por última vez. Si él no iba a tomar mis advertencias en serio, ya no había nada que hacer.

Me tomé mi tiempo, le concedí un último día en verdad fabuloso. Él también le sacó provecho. En apenas 24 horas, Edward comprimió todas sus actividades, amistades, comidas y vinos favoritos. Quizás presentía lo que estaba por venir. Quizás finalmente se relajó y aprendió a disfrutar de la riqueza que se había pasado toda la vida acumulando. De cualquier modo, se encontraba en la bañera, con un vaso de whisky de malta bien turboso en la mano, cuando fui por él. Una lástima que se haya derramado el escocés, pero el mío es un arte imperfecto.

Por lo general, no asisto a funerales. Son tan sombríos —llenos de dolientes y de conflictos sin resolver—, pero hice una excepción con Edward Willard. No podía sacarme a Mabel de la cabeza.

Ya no quedaba mucho de la fortuna de Edward para cuando se saldaron todas las deudas de Mabel, y su funeral fue un evento deslucido. Aparte del sacerdote, la abogada y la empleada doméstica, la concurrencia se contaba con los dedos de una mano. Sin duda alguna, no quedaba nada del rubor rosado, ni de las risitas inocentes, y ciertamente, nada de Mabel Cunderdin.

Todavía pienso en ella, saben —me pregunto dónde está, qué hace, a quién se le habrá pegado—. No sé cómo lo hizo, pero simplemente desapareció de la faz de la Tierra, sin dejar rastro. Lo que sí encontraron fue el botín que compró.

Había sido amorosamente distribuido en 37 refugios para mujeres y hogares para la infancia por todo el estado. Quizás Mabel Cunderdin no era tan ingenua como parecía.

Traducción: Susurros Chinos

Del original *The Innocence of Mabel Cunderdin*, de Asha Rajan, publicado en 2018.

www.ingramcontent.com/pod-product-compliance
Ingram Content Group UK Ltd.
Pitfield, Milton Keynes, MK11 3LW, UK
UKHW021651190726
13853UKWH00001B/188

9 789878 828114